小孩遇見詩

想和你一起曬太陽

編者的話

夏夏

「真沒想到有一天會成為媽媽。」

不管過多久，看到熟睡的孩子躺在床上，還是會忍不住這麼想。

跟很久沒見到的朋友見面，聊起孩子成長的點點滴滴，也會忍不住這樣說。

成為父母，並非只在孩子誕生的那一刻，而是不停變化。在孩子的每個階段都會一再被衝擊：「原來這就是為人父母啊。」

在這個持續且不算短的過程中，越來越多父母會開始思考，如何保有原來的自己，又能夠無私地奉獻呢？或者應該說，該如何在肩負親職的同時，也能夠從事興趣，讓孩子從旁體會到：「原來做自己喜歡的事情是這麼快樂。」

這次邀請參與的作者都是長年寫詩、文字與音樂的創作者。在創作的漫漫年歲，慢慢進入人生下一個階段，成為父母、成為孩子的老師，慢慢地用詩紀錄著每個階段的體悟。而每位作者身邊的孩子也都分別處於不同的年齡，正經歷不同的學習歷程。

編輯的過程裡，我們反覆討論什麼是童詩？在每一個用詞、斷句、空格的斟酌中，該如何用詩的語言進入孩子的世界？或者說，該如何讓孩子的世界進入詩的語言？

我很喜歡詩人吳俞萱在討論時提到的：「小孩無法用自己的經驗去『駕馭』一首詩，而是在反覆唸誦這首詩的過程之中，慢慢接觸到一個大於自己的世界，並在生活中繼續帶著困惑，慢慢貼近一種複雜難解的東西。這樣的閱讀經驗，有點像小孩剛長齊牙齒，我們不再為他們剪碎食物，讓他們開始練習用自己的牙齒來磨碎和撕斷大而難咬的原形食物。」

在保有最初的詩意與靠近孩子閱讀理解能力之間，感謝每位作者不厭其煩地思考、取捨、打磨，盡可能地用詩去貼近孩子。也讓我在每次的對話中，一次又一次推翻既有的認知，經歷孩童世界的洗禮。

這段時間裡，我剛好經歷第二次懷孕，肚腹中的孩子比第一胎更加活潑，日夜不停拳打腳踢，強烈提醒我他的存在。隨著截稿日期迫近，正值溽暑，預產期也即將到來，行走與移動變得越來越吃力。在睡不著的清晨，打開電腦，細細整理稿件，於我就如同鈎織著孩子誕生時即將穿戴的衣物般，寧靜而滿足。能夠一邊做著自己喜歡的事情一邊等待孩子的到來，是最幸福不過的了。

也衷心期待每個孩子能夠在詩中領會到每位詩人媽媽、詩人爸爸、詩人老師想要傳達的，關於自然的美好與生活的喜怒哀樂。不論未來讀詩或不讀詩，都能夠快樂的做著自己喜歡的事情。

目錄

葉子餅乾

游書珣

陽光靜靜烤著
滿地的葉子餅乾

斑鳩嗅了嗅
咬起旁邊一顆紅果子
飛走了

蝴蝶看了看
拍著鮮豔的翅膀
離開了

路過的蝸牛，默默鑽到底下
睡著了

小弟弟來了
開心的踩著葉子
腳上的鞋喀嚓喀嚓
一口一口，吃著剛烤好的
葉子餅乾

生日禮物

吳俞萱

金色的浪後面
是白色的浪
白色的浪後面還有
藍色的浪

一條兩條三條
紅色的船
四條五條六條
七條
來到海的中心

快要衝向我了
七顆草莓

我關上冷凍庫
爬下小椅子

希望爸爸媽媽趕快回家
明年生日帶我去看真正的海

山剉冰

游書珣

爸爸帶我去爬山
爬一碗清涼的
山剉冰
冰冰的，涼涼的
葉子與花朵
裝飾著它

爬上山頂
就能看到遠方
其他一碗一碗的
山剉冰

天氣這麼熱
希望它們永遠
不要融化

遙控器壞掉了

蔡文騫

遙控器壞掉了
爸爸看不到棒球
我們到大草地上躺著
看太陽像著火的球
越過山的守備
完美落地
今天我也沒有卡通台
沒有巧虎和佩佩豬
但是在天空的藍色大螢幕裡
我們點點手指
找到了白色的熊
灰色伸長舌頭的小狗
和一大群鱗片閃閃發亮
慢慢向我們游過來的魚

海邊的祕密

蔡文騫

我問爸爸什麼是祕密
他說祕密像是沙灘上的腳印
慢慢被海浪帶走
不想被別人找到的痕跡

我問媽媽什麼是祕密
她說祕密像是貝殼裡的回音
要跟我的小耳朵靠得很近
才低聲偷偷說出來

我也有我的祕密
把小螃蟹藏在洞中
把小餅乾藏在肚子
把最喜歡的一天收藏在回憶裡面
沒有人可以把它挖走

田野散步

吳志寧

雙腳走啊走
雨水叮叮噹噹
低頭飄來陣陣泥巴香

身旁飽滿金黃的稻穗
像一片又一片的地毯
讓人好想上去躺一躺

風兒吹啊吹
耳邊似乎聽見
總是站在田埂路上的
阿嬤對我說：
「嬰仔嬰仔
呷飽睏飽閣來看我」註

註 閩南語發音。「小寶寶小寶寶，吃飽睡飽再來看我。」

風有幾隻手？

郭彥麟

風有一隻手
冰冰涼涼的
握住我溼答答的手

風有兩隻手
一手偷走媽媽的草帽
另一手再拋給　路邊的小黑狗

風有三隻手
搶著天空的風箏　都不放手
一不小心
唉呀掉在了草地的大肚皮上頭

不對不對
風一定沒有手
所以才沒有人可以抓住它
要它別走

河流

林夢媧

山林的血管
水流得很快
河床上的石頭高低不一
水裡有許多動物棲息
水蛭、魚蝦、螃蟹
還有落花、落葉
跟一些我說不出來的
太美麗的風景

夏天河水冰涼
若我們一起去玩
記得抓住我的手
不要一個人逗留

噓……

蔡宛璇

噓……
貓頭鷹在樹葉間仔細聽

噓……
從土裡吸水的樹和森林

噓……
蝙蝠翅膀悄悄滑過屋頂

噓……
在眉毛和蓋起的眼皮上滑行

噓……
是媽媽還是爸爸來給我親親

噓……
聽小種籽們夜裡發芽的聲音

長大

郭彥麟

我問小樹 什麼是長大？
小樹說
長大就是把天空遮住啊

我問小溪 什麼是長大？
小溪說
長大就是讓鯨魚遊進身體裡喔

我問小鳥 什麼是長大？
小鳥說
長大就是學會幫蛋蓋房子呢

我問爸爸 什麼是長大？
爸爸說
長大就是開始不能玩遊戲啦

我問媽媽 什麼是長大？
媽媽說
長大就是開始變老囉

我問姐姐 什麼是長大？
姐姐說
長大就是開始談戀愛了吔

我問弟弟 什麼是長大？
弟弟說
真的長大就不會問這個問題了

幸好 我還沒長大

小步的弟弟和海洋弧菌

林蔚昀

夏天到了，小步一家去海邊玩。
小步的弟弟指甲受傷，瘀青了兩個月，
在海邊指甲掉了下來。
弟弟踏進海裡後，
媽媽才驚呼啊，會不會有海洋弧菌？註
之後一整晚，媽媽都在說海洋弧菌海洋弧菌海洋弧菌海洋弧菌，
完全忘了海。
如果沒受傷就好了。
如果沒來海邊就好了。
但是，海邊這麼好玩，
小步忘不了趴在泳圈上在海浪中飄浮。
弟弟是不是也喜歡海呢？媽媽後來就不讓他下水了。
弟弟的腳又紅又腫，
去了醫院，醫生說不是海洋弧菌，
大家都鬆了一口氣。

註 海洋弧菌是一種棲息於溫帶或亞熱帶海域中的細菌，免疫力不足的人感染（透過傷口，或食用未煮熟海產）可能會致死，在台灣並不常見。

池塘

潘家欣

池塘是大地的眼睛
有綠綠的眼睛
有黑黑的眼睛
有大大的眼睛
有小小的眼睛
也有細細長長的眼睛
一閃一閃亮晶晶

眼睛裡有好多小魚
有烏龜，有螃蟹
有睡著的樹葉
還有一朵一朵的田字草
一片一片的彩虹
一隻一隻飛過去的燕子
咦，眼睛裡
還有一個我呀

小步想看雪

林蔚昀

小步出生的地方會下雪，搬家後他就沒看過雪了。

媽媽說要帶他去看雪，於是他們去了日本。

但是那時候沒下雪，他們只玩了人造雪。

媽媽說：「下次一定帶你去冷一點的地方看雪。」

爸爸說：「對啊要趕快，不然全球暖化，以後可能全世界都沒有雪了。」

小步問：「全球暖化是什麼？」

媽媽說：「二氧化碳太多，造成溫室效應，地球越來越熱。」

小步問：「那會怎樣？」

媽媽說：「冰山會融化，北極熊和企鵝會沒有家，有些地方或許會被水淹沒。所以我們應該少開冷氣，因為冷氣排放的氣體也會造成全球暖化。」

「那我去把冷氣關掉。」小步說。

「但是現在太熱了，還是開一下。」爸媽說。

貓咪

林夢媧

最柔軟的液體
最甜蜜的心
最任性的喊叫
最可愛的撒嬌
無時無刻都愛你
不論颳風下雨
雨過天晴
如果有一種寶貝
讓人擁抱毫不猶豫
一定是貓咪
還有你

成熟

潘家欣

番茄成熟了
臉紅紅

稻子成熟了
頭低低

蒲公英成熟了
就變成羽毛
飛起來

雲成熟了
就變成雨
滴滴答答
落在小水池裡
小水池呀
越來越大

媽媽呀，我成熟了
會變成什麼呢？

眼睛、腳給我的詩

馬尼尼為

眼睛　你和我一樣大
和我一樣不識字
沒人敢說你
我都跟著你

眼睛　神給我的筷子
是兩隻腳　還得穿鞋
腳給我的詩不用動手
腳　寫了一個痣
就在貓的嘴角上
腳給我的詩就是腳底的皮

是睡著時翻起的一條路
是腳的大耳朵
我聽著媽媽的腳步聲
就這樣寫好了詩

眼睛　我去看了你新的教室
看你第一次上學
我知道你沒在怕
有時光著腳　有時會寫錯

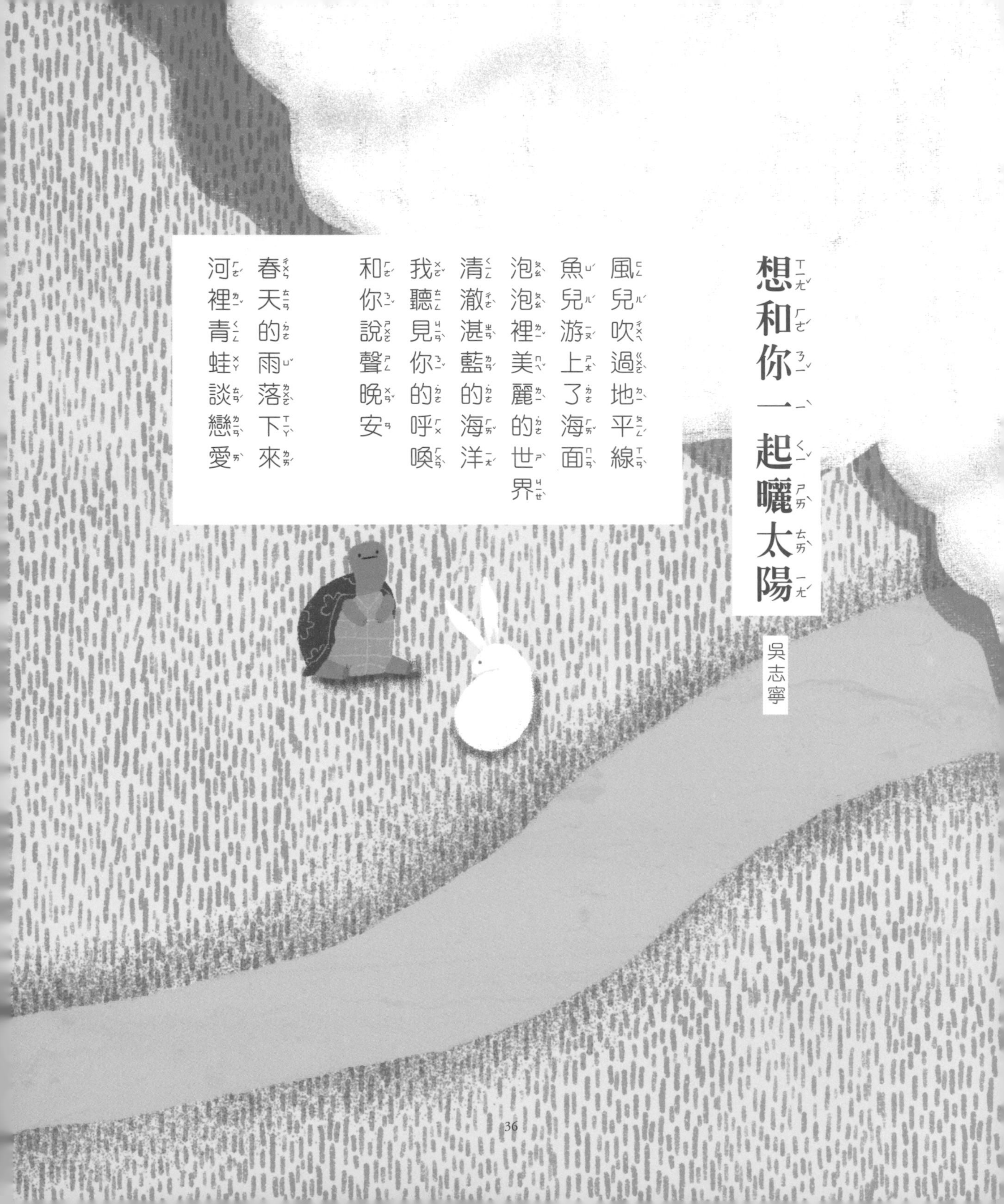

想和你一起曬太陽

吳志寧

風兒吹過地平線
魚兒游上了海面
泡泡裡美麗的世界
清澈湛藍的海洋
我聽見你的呼喚
和你說聲晚安

春天的雨落下來
河裡青蛙談戀愛

兔子和烏龜在散步
沒有輸贏
一起跳舞跳舞
陽光趕走了清晨的霧
我聽見你的呼喚
和你說聲早安

想和你一起曬太陽
想和你一起曬太陽

有鹿的島

蔡宛璇

一隻大鹿在吃鹿樹
兩隻小鹿在吃鹿草
十隻鹿在鹿林散步

鹿場上鹿群在奔跑
鹿南跑跑鹿北跳跳
鹿湖喝水鹿窟躲雨

冬天有梅花開滿樹
春天有換角梅花鹿
秋天有鹿鳴滿山谷

（那時候鹿寮都小小的。鹿港裡，
還沒有很多航行的鹿肉和鹿皮）

白天千鹿在鹿野生活
十萬棵大樹輕輕呼吸
夜裡萬鹿在鹿谷睡覺
十萬顆星星靜靜閃耀

大坡池划船

吳俞萱

風來了
風在摸我的頭髮
摸我鼻子
摸我的圓肚肚

媽媽說，放下船槳吧
風要幫我們划船！

風拍打船的頭髮
拍打船的身體
一下就把我們推到葉子裡面
差點撞斷荷花的頭

跟我一樣
風太開心的時候
沒辦法控制自己的力量

打雷

夏夏

轟隆隆　匡啷啷
是雷公把飯碗打破了
一粒粒　一顆顆
飯粒從天上灑下來　變成小雨滴
落在田裡　又長出稻米

匡啷啷　轟隆隆
是我把飯碗打破了
一顆顆　一粒粒
飯粒從桌上灑下來
黏在身上　掉在地上
奇怪，怎麼沒有長出稻米？
反而是媽媽變成雷公
我的眼睛下起小雨滴

哭的時候

曹疏影

哭的時候，
全世界的膠水
糊住我的腦子了，
全世界的雨
在我周圍是瀑布了，
全世界的燕子
替我頭痛，

全世界美麗的小馬
都跑遠，不要我了，

我坐著哭，
躺著哭，
地板上打滾哭，

終於不哭了，
陽光滴著金黃色
草葉捲得正美，
蝴蝶停上去，
又靜又甜

吃光

瞇

嘿，你在做什麼
趕快吃光光
我在吃光啊
我在
吃光

頭抬起來
眼瞇起來
好多好多光
好多好多光

皮膚打開
雙手打開
嘴巴打開
我在吃光
我吃光光

死掉的我們，會再活過來唷

謎

好大的風來了
好大的雨來了
大家請小心
可是稻子卻小心不了
花生小心不了
花也小心不了
不知道名字的草也
小心不了

可是他們看起來好像
都不害怕

不怕斷掉嗎
不怕爛掉嗎
不怕掉下去後
就死掉了嗎

怕啊怕啊怕
可是死掉的我們
會再活過來喔

主編

夏夏

個人詩集《德布希小姐》、《小女兒》、《鬧彆扭》，小說《末日前的啤酒》、《狗說》、《煮海》、《一千年動物園》。

編選詩集《沉舟記—消逝的字典》、《一五一時》詩選集、《氣味詩》詩選集，地方誌《親像鳳梨心：鳳山代誌》、《媽！我要住眷村：黃埔新村「以住代護」紀實》。

插畫

三木森 (Mori)

本名江坤森，畢業於交通大學應用藝術所，致力於圖像敘事創作，藉由創作自我療癒並陪伴他人。

曾獲選為台灣文博會年度新銳及教育部藝術與設計菁英培訓計畫成員，作品屢獲英美等國際插畫大獎殊榮，於二〇一九年勇奪8項國際插畫與設計大獎。

https://www.instagram.com/mrmmoorrii/

作者群

（依姓名筆劃排列）

吳志寧

「929樂團」主唱，父親為鄉土詩人吳晟。承傳自父親對土地的關懷，經常透過作品關懷社會時事，如記錄八掌溪事件的〈下游的老人〉，探討核能電廠爭議的〈貢寮你好嗎〉等作品。

個人專輯《吳晟詩歌3：他還年輕》、《生鏽的夢》、《最想去的地方》、《也許像星星》，企畫統籌《甜蜜的負荷：吳晟詩．歌》專輯等。

吳俞萱

寫詩的我是一種容器，跳舞踏的我是另一種，身為母親的我也是一種容器。著有《交換愛人的肋骨》、《隨地腐朽：小影迷的99封情書》、《沒有名字的世界》、《居無》、《逃生》、《忘形》，試圖將詞語的初始含義還給詞語，將初始的詞語價值還給事物。

林夢媧

喜歡有節制的說話和散步，與愛人、三隻貓兒子還有女兒一起生活。曾獲周夢蝶詩獎評審推薦獎、國家文化藝術基金會文學類創作補助、臺北市政府文化局藝文補助、大武山文學獎散文首獎、葉紅女性詩獎、好詩大家寫、教育部文藝創作獎。

林蔚昀

詩人，翻譯，媽媽。著有《我媽媽的寄生蟲》、《易鄉人》、《自己和不是自己的房間》。譯有《鱷魚街》、《給我的詩：辛波絲卡詩選1957–2012》、《如何愛孩子：波蘭兒童人權之父的教育札記》等作。

馬尼尼為 maniniwei

美術系卻反感美術系。停滯十年後重拾創作。著散文《帶著你的雜質發亮》；詩集《我和那個叫貓的少年睡過了》；繪本《詩人旅館》等數冊。作品入選台灣年度詩選、散文選。另也寫繪本專欄文逾百篇。獲國藝會視覺藝術、文學補助數次。目前苟生台北。偶開成人創作課。

曹疏影

生於哈爾濱，北京大學碩士。二〇〇五年移居香港，現旅居台灣。兩個孩子的媽媽。有詩集《拉線木偶》、《茱萸箱》、《金雪》、散文集《虛齒記》、《翁布里亞的夏天》、童話《和呼咪一起釣魚》。曾獲香港文學雙年獎、香港中文文學獎、台灣中國時報文學獎、劉麗安詩歌獎，受邀參加二〇一七台北亞洲詩歌節，2019 Vermont Studio Center 華語詩人與翻譯計畫。與音樂人合作發掘詩的更多可能性。

郭彥麟

父親，逐漸老且老很快的那種。喜歡寫字，文字已開始接受女兒評論。挫折，卻仍以顫抖如學筆的手繼續復健。童詩正是最好的復健，每一個自未知出發的想像，都是喜悅的一小步。不確定，為孩子還是為自己寫著童詩。與插畫家妹妹攜手創作繪本《刺蝟》、《穿山甲》。

游書珣

畢業於台灣藝術大學應用媒體藝術研究所，現為詩人、自由藝術工作者，育有孩兒兩隻，出版詩集兩本：《站起來是瀑布，躺下是魚兒冰塊》、《大象班兒子，綿羊班女兒》。

潘家欣

一九八四年生，擅長以文字與平面媒材進行跨領域創作。曾出版《負子獸》《失語獸》《妖獸》等詩集；二〇一八年主編詩選《媽媽＋1：二十首絕望與希望的媽媽之歌》。二〇一九年出版《藝術家的一日廚房：學校沒教的藝術史：用家常菜向26位藝壇大師致敬》。

睫

曾任毛毛蟲兒童哲學基金會編輯、《人本教育札記》採訪編輯。二〇一三年移居臺東鹿野，因緣際會有了帶領偏鄉小學社團寫作課的經驗。目前帶領大人寫作工作坊、自學生寫作課，以及共學團的小孩文字課。著有詩集《沒用的東西》，黑眼睛文化出版。

蔡文騫

高雄人，一九八七年生，育有一子渾號小狸貓，皮膚科醫師，一半時間是兒子的大玩具，曾獲若干文學獎，散文集《午後的病房課》。

蔡宛璇

成長於澎湖群島，自小喜愛美術、閱讀，十三歲起嘗試寫詩。一路學習造型藝術，並繼續詩創作。從事藝術創作與相關工作至今。育有一女一子。出版過詩集：《潮汐》詩文自選集（二〇〇七）、《陌生的持有》詩圖集（二〇一三）、《我想欲踮海內面醒過來》子與母最初的詩（活版印刷，與女兒阿萌合著，二〇一七）

小孩遇見詩

想和你一起曬太陽

0EYP1008

主編　夏夏
作者　吳志寧、吳俞萱、林夢媧、林蔚昀、夏夏、馬尼尼為、曹疏影、
郭彥麟、游書珣、潘家欣、謎、蔡文騫、蔡宛璇
繪者　三木森

社長　陳蕙慧
副總編輯　戴偉傑
責任編輯　鄭琬融
設計　陳宛昀
行銷企劃　陳雅雯、尹子麟、張元慧、洪啟軒

讀書共和國集團社長　郭重興
發行人兼出版總監　曾大福
印務　黃禮賢、李孟儒
出版　木馬文化事業股份有限公司
發行　遠足文化事業股份有限公司
地址　231 新北市新店區民權路 108-3 號 8 樓
電話　02-2218-1417
傳真　02-2218-0727
E-mail service@bookrep.com.tw
郵撥帳號　19588272　木馬文化事業股份有限公司
客服專線 0800221029
法律顧問　　華陽國際專利商標事務所　蘇文生　律師
印刷　前進彩藝有限公司
初版一刷　2020 年 5 月
初版二刷　2022 年 6 月
定價　新台幣 360 元
ISBN　978-986-359-778-0

特別聲明　有關本書中的言論內容，
不代表本公司 / 出版集團之立場與意見，文責由作者自行承擔

國家圖書館出版品預行編目 (CIP) 資料

小孩遇見詩：想和你一起曬太陽 / 吳志寧等作；夏夏主編．-- 初版．-- 新北市：木馬文化出版：遠足文化發行，2020.05
面；　公分
ISBN 978-986-359-778-0(精裝)

863.59　　109002534